《小報亭》原作動畫電影：https://vimeo.com/258238541

Film: © VIRAGE FILM in co-production with Swiss Radio & Television and Lucerne University of Applied Sciences and Arts, Master of Arts and Design, 2013

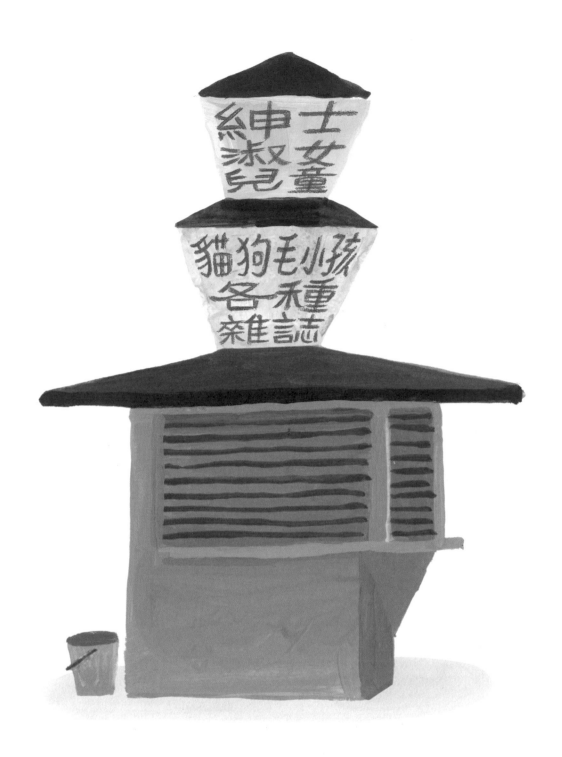

小報亭

安娜德·梅樂希／文圖　　　游珮芸／譯

三民書局

奧爾嘉在小報亭工作已經很久、很久了。
她負責顧攤子賣東西。

小報亭是她生活的全部。

電影院

大都會

奧爾嘉每天
都會親切的招呼她的常客，
而且很清楚他們需要些什麼。

牽著狗的紳士會買一份早報。
那隻怪狗老是追著自己的尾巴跑。

這位感情不順的小姐，
需要買份女性雜誌
來參考戀愛指南。

哭泣的小孩只能用棒棒糖來安撫。
奧爾嘉很清楚，
而小孩也知道奧爾嘉知道。

這位梳包頭的女士
對釣魚、貓咪
和政治感興趣。

這位戴太陽眼鏡的男士，
喜歡買占星雜誌和彩券。

每天早上10點35分
會有一個人跑過小報亭，
買一瓶0.5公升的瓶裝水。

遊客們總是找不到
往現代美術館的路。

有一些人並不是為了買東西，
他們只是想說說話。

每到傍晚，經過一天的工作，
奧爾嘉有些累了。

偶爾，她也想要出去走走，

所以她閱讀旅遊雜誌。

她常常夢見遙遠的海邊，
還有絢麗的夕陽。

有一天早晨，最新送達的報紙
被丟在比平常遠一些的地上。

當奧爾嘉試著把報紙拉進來時，
有兩個男孩趁機偷小報亭的零食。

喂！

突然間，奧爾嘉的世界顛倒了！

奧爾嘉努力讓自己再站起來，

並且撿回散落滿地的商品。

就在這時候，
她發現自己可以把小報亭抬起來，
甚至帶著它到處走！

所以奧爾嘉決定去散散步。

在路上，奧爾嘉遇到
那位牽著怪狗的紳士。

坐下，
藍波！

那隻狗很興奮，
開始繞著奧爾嘉轉圈圈。

狗主人要把牠拉開，

奧爾嘉卻絆到繩索，
失去了平衡……

奧爾嘉順著河流
越漂越遠、越漂越遠⋯⋯

一路漂到大海。

奧爾嘉漂流了三天三夜，
直到一個巨浪將她沖上岸。

從此之後，
奧爾嘉就住在海邊，賣起了冰淇淋，
還能在每天傍晚，
看著夕陽緩緩落入海中。

i READ

小報亭

文　　圖	安娜德‧梅樂希
譯　　者	游珮芸
責任編編	蔡智蕾
美術編輯	陳奕臻

發 行 人	劉振強
出 版 者	三民書局股份有限公司
地　　址	臺北市復興北路 386 號 (復北門市)
	臺北市重慶南路一段 61 號 (重南門市)
電　　話	(02)25006600
網　　址	三民網路書店 https://www.sanmin.com.tw

出版日期	初版一刷 2019 年 12 月
	初版二刷 2021 年 5 月
書籍編號	S859091
I S B N	978-957-14-6744-3

Text and illustrations © Anete Melece
Book: Originally published in 2019 under the title "KIOSKS"
by Liels un mazs, Riga, Latvia.
Complex Chinese translation rights arranged with Liels un mazs
through Mr. Ivan Fedechko, IFAgency, Lviv, Ukraine and
The PaiSha Agency, Taipei, Taiwan.
Complex Chinese copyright © 2019 by San Min Book Co., Ltd.
ALL RIGHTS RESERVED

This book was published with the support of the Latvian Literature
platform together with the Ministry of Culture of the Republic of
Latvia and the Latvian State Culture Capital Foundation.

Ministry of Culture of the Republic of Latvia　LATVIAN LITERATURE　STATE CULTURE CAPITAL FOUNDATION